天神幫幫忙

黑熊爺爺忘記了

作者／子魚　　繪圖／張惠媛

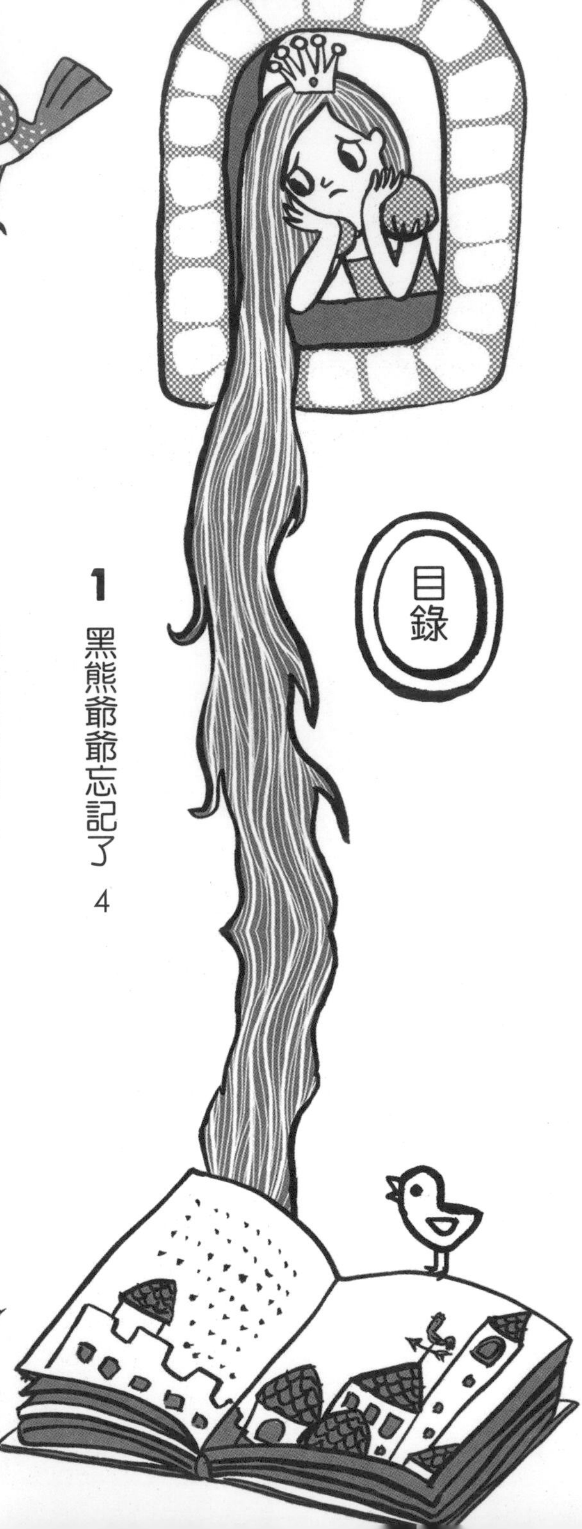

目錄

1 黑熊爺爺忘記了

黑熊爺爺去世了，他變成鬼魂之後，卻想要回家。於是，他來到了森林入口，眼前有三條岔路，卻不知道要選哪一條？

黑熊爺爺又忘記回家的路怎麼走了。他飄來飄去，不知道該怎麼辦。

他生前也常常迷路，一出門就忘了回家的路。

幸好，森林裡的動物鄰居都認得他，會主動帶他回家。

「一、二、三，三條路，我要走哪一條好呢？」黑熊爺爺用手比畫著，嘴裡念著。他很著急，急得眼淚都快流出來了。

「天神啊！你可不可以帶我回家？」黑熊爺爺合掌禱告。

「怎麼啦？」天神忽然出現。

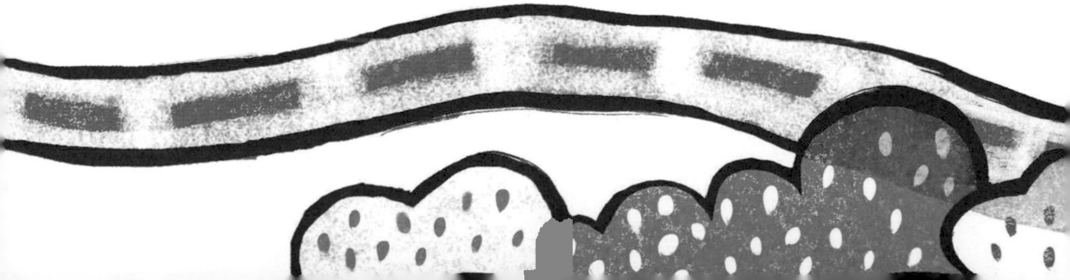

「我想回家！」

「回家？」天神疑惑的說：「你已經死了，你的家不在森林裡。你應該去你該去的地方。」

「我知道！」黑熊爺爺落寞的低頭：「但我忘記做一件事，我想回去完成。」

「什麼事呢？」

「我就是忘了。不管啦！反正先回家，也許我會想起來。」黑熊爺爺抬起頭，皺了一下眉頭，「問題是我現在連回家的路

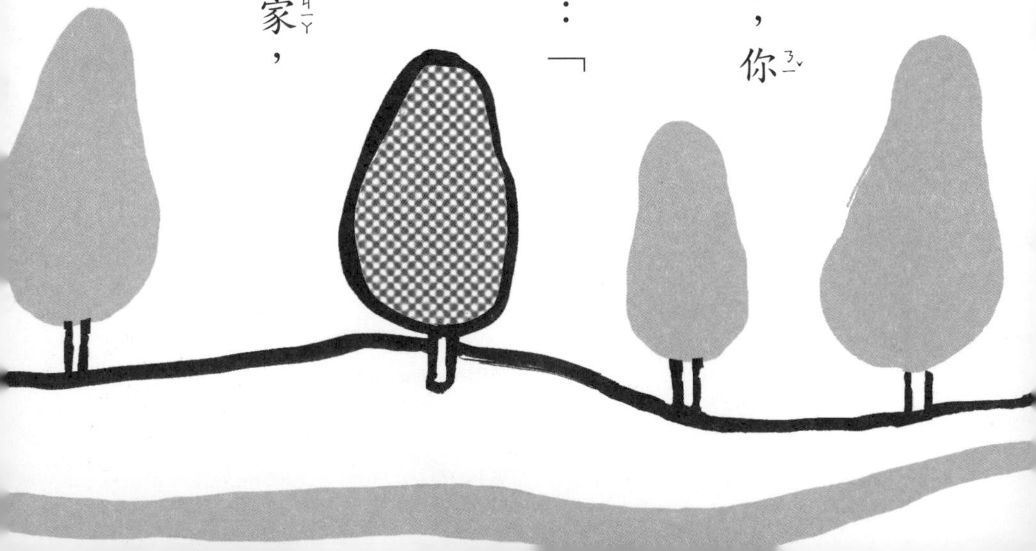

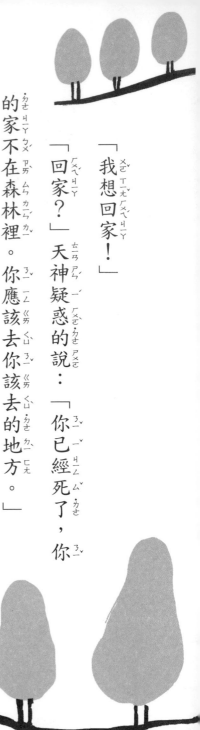

都不知道怎麼走。」

「哈！小事情。走！我帶你回去。」天神牽著黑熊爺爺坐上雲朵，一下子就到家。

黑熊爺爺進入他生前住過的房子。他的兒子、媳婦和孫子正睡得香甜。

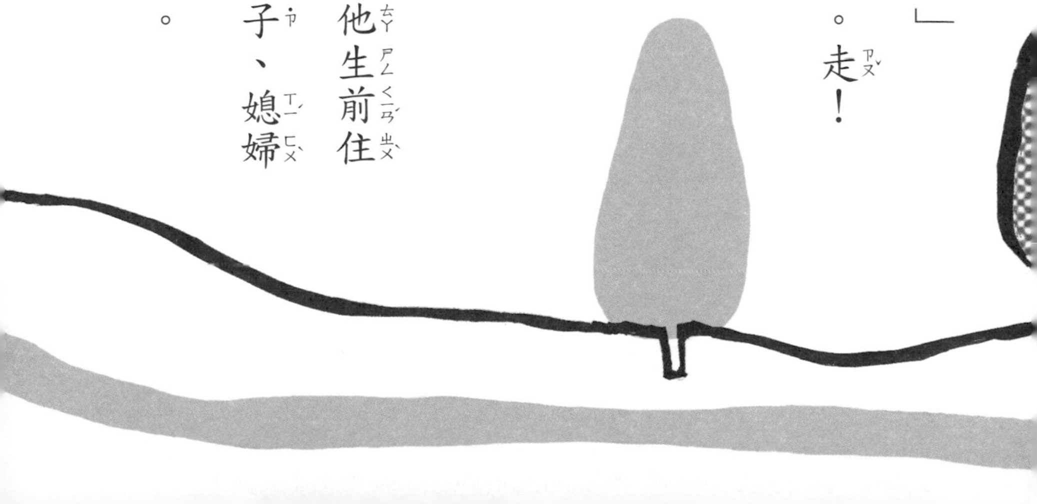

黑熊爺爺的臥室擺設完全沒變，家人將他的東西保存得很好。黑熊奶奶的照片掛在牆上對著他微笑，黑熊爺爺心想：「明天就可以去找老伴了。」

「你忘記什麼？趕快想；你要找什麼？趕快找。黑熊啊！天亮前，我們必須離開。」天神叮嚀。

黑熊爺爺看著自己住過的家，很熟悉，充滿懷念。他東看西看，東摸西摸，戀戀不捨。最後，他摸摸自己的腦袋，還是想不出回來要做的那件事是什麼。

「也許，我回來不是為了找東西？」黑熊爺爺說。

「不是找東西，那要做什麼？」

「就是想不起來啊！我的心裡總覺得有事，如果不去完成，我會很遺憾。」

「好吧！那我來幫你把那件事想起來！」天神的魔杖揮動了。

時間像水一樣流動起來，不過，卻是往回流，流回黑熊爺爺生前在家的情景。他像是在看電影，看見自己平日的生活。

黑熊爺爺老了，老到什麼都忘記，不

只忘記回家的路，甚至連家人都忘了。

有一次，黑熊兒子找到好吃的蜂蜜，他先孝敬黑熊爺爺，黑熊爺爺卻以為自己的兒子是壞人，一掌打翻蜂蜜，還連揍兒子好幾拳。黑熊兒子沒有生氣，連聲說對不起。

那天晚上，黑熊兒子抱住黑熊爺爺說：「爸爸，我愛

你。」

有一次，黑熊爺爺不小心尿溼褲子，黑熊媳婦把他的溼褲子換下來，拿去洗。黑熊爺爺氣得要命，直說媳婦是小偷，還要揍她。黑熊媳婦沒有生氣，一直鞠躬道歉。

那天晚上，黑熊媳婦來到黑熊爺爺的床前說：「爸爸，我愛你。」

有一次，黑熊孫子畫了一張黑熊爺

爺的畫像給他看，黑熊爺爺連看都不看，就把畫撕掉。他還說誰家的小孩，這麼晚了還不回家。黑熊孫子覺得很委屈，躲到房間裡大哭。

那天晚上，黑熊孫子摟著黑熊爺爺說：「爺爺，我愛你。」

「那真的是我嗎？我怎麼這麼凶？」黑熊爺爺轉頭對著天神說。

「是的！那是你！」天神回

答：「不過，這不能怪你，因為你生病了。」

「我生病了！」黑熊爺爺的眼淚流了出來，「天神！我已經知道，我回來要做什麼了！」

「哦！你想起來了？」

「嗯！」

黑熊爺爺起身進入兒子、媳婦和孫子的房間，看看他們熟睡的樣子，然後很幸福也很安慰的輕輕說：「我愛你們。」

2 遺失的歌聲

清晨，黃鶯像開演唱會一樣在樹梢上唱歌：「啾！啾！啾啾！啾啾啾！」

各種鳥兒齊聚在森林裡，吱吱喳喳一陣吵雜。但是，當黃鶯一開口歌唱，所有鳥兒都自動閉嘴，從一隻隻吵鬧者變成一隻隻聆聽者。

美妙歌聲在森林裡繞來繞去，

松鼠聽得陶醉，不小心從樹上摔下來；狐狸聽得入迷，剛剛送進嘴裡的青蛙掉下來了都不知道。青蛙也聽得一動也不動，忘了要趕快逃走。

天神剛好乘雲經過，聽到好聲音，竟然撞到樹幹。於是，森林一陣驚動，黃鶯暫停了歌唱。

這會兒，松鼠趕緊爬回樹上，狐狸才發現嘴裡的青蛙不見了。青蛙趕緊跳進小池子裡，鳥兒吱吱喳喳，森林又吵雜起來。

天神拍了拍身上的衣服，發現黃鶯正對著他笑。

「呵呵呵！你的歌聲真美，連我都著迷了。」

「你想聽嗎？我再唱。」

「嗯！」天神點點頭。

當黃鶯再度唱歌時，森林又陶醉在歌聲之中。

「天神！歡迎你天天來聽我唱歌。」

清晨，天神專程來到森林，他靜靜坐在大樹底下聽黃鶯歌唱。一連幾天，天神都準時來到，他覺得很享受。

有一天早晨，天神沒聽到黃鶯的美聲。他抬頭一看，黃鶯依然站在樹梢，只

是顯得很焦慮。

「怎麼了？」天神關心的問。

「我的歌聲不見了！」

黃鶯用沙啞的聲音吃力回答。

「怎麼會不見呢？」

「我也不知道！」

「我來幫你看看。」天神揮動魔法杖。

這個森林有一個奇怪的現象，就是打雷的時候，縱使很害怕也不可以驚慌的喊「啊！」

否則會搞丟歌聲。

這幾天有午後雷陣雨，所以天神知道黃鶯的歌聲從喉嚨掉出來，一定跟雷有關。

原來，黃鶯在鳥巢休息時，嘩啦啦下起大雨。一道雷剛好打在鳥巢旁邊的樹幹，極大的聲響讓整座森林震動。

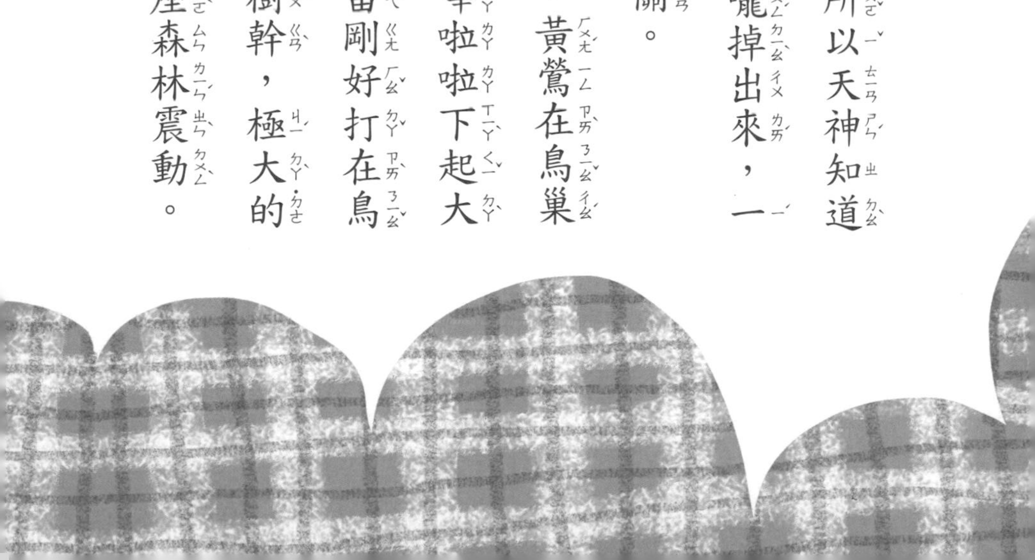

黃鶯從來沒聽過這麼大的雷聲，她嚇得拍動翅膀，「啊！啊！啊！」的驚叫不停。

天神說：「我判斷你的歌聲就是這個時候掉了出來，我幫你找找。」

來到鳥巢附近，天神很快就找到黃鶯的歌聲，剛好卡在石頭縫裡。

「哈！找到了！」天神喜孜孜的將歌聲拿在手上。

歌聲是一個深藍色圓形像鈕扣的小東西，凡是會唱歌的動物都要靠這個東西共鳴，才能發出美妙的聲音。

就在天神起身準備離開的時候，他在草地上發現另一個歌聲。

「咦？這裡怎麼也有一個歌聲？」這可把天神搞糊塗了。

「哪一個才是黃鶯的？」

他撿起來後，轉個身又發現草地邊還有一個。

「其他動物一定也弄丟歌聲了。這可傷腦筋，不知道這幾個是不是黃鶯的？」天神自言自語：「試試看就知道了！」

黃鶯看見天神到來，十分高興。只要歌聲找回來，那絕對是一件開心的事。當天神一次拿出三個歌聲時，黃鶯笑不出來了。這表示歌聲中，可能有一個是自己的，但也可能都不是。

黃鶯苦笑說：「天神，你怎麼撿這麼多個？」

「是啊！這雷可真厲害。」

「哪一個才是我的歌聲？」

「不知道！一個一個試，不就知道了。」

「萬一都不是呢？」

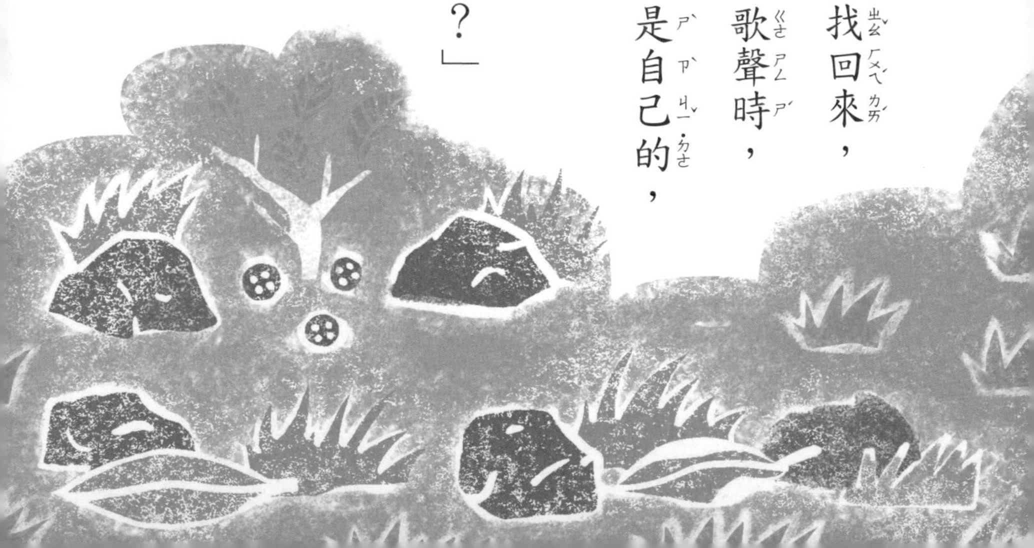

「那就再找找囉！」

「萬一找不到呢？」

說著說著黃鶯就哭了。

「不要擔心！我是天神，一定有辦法。」

天神拿出第一個歌聲。

黃鶯將頸部羽毛撥開，拉開喉嚨拉鍊，天神小心翼翼的將歌聲裝進去。

「好啦！唱唱看！」

黃鶯本來不敢開口，由於天神的鼓勵，終於鼓起勇氣唱出來。

「嘓！嘓！」黃鶯一聽，聲音不對，嚇得趕快閉口。

「不對啦！我唱青蛙的歌聲，能聽嗎？」

黃鶯拍動翅膀大叫。

天神拿出第二個歌聲：「別急！再試試這個。」

雖然只是再做一遍同樣的動作，這次黃鶯猶豫很久。

天神很有耐心的等待，說：「準備好了嗎？」

黃鶯點點頭，再次鼓起勇氣拉開嗓子：「唧！唧！」

才唱兩聲，黃鶯馬上閉口。她快要崩潰了，眼淚在眼眶打轉，「怎麼不是？」

「往好處想，至少證明這個歌聲不是你的。」天神安慰的說：「還有一個，再試試吧！」

黃鶯點點頭。不管怎樣，總得一試。她很緊張，緊張到身體有點發抖。她再次撥開頸部羽毛，拉開拉鍊，天神再將歌聲裝好。

萬一第三個歌聲仍然不是她的，怎麼辦呢？她想都不敢想。

「已經裝好了，你唱吧！」

黃鶯深吸一口氣，看了天神一眼，天神點點頭，示意她勇敢唱出來。她再次鼓起勇氣，但一想到前兩次的狀況，又洩氣了。

天神說：「你終究要試，為什麼不勇敢一點？」

「啊！好啦！」黃鶯緊張的開口唱出：

「啾！啾！啾啾！啾啾啾！」

3 長髮公主不翻頁

圖書館的角落有一本《格林童話》掉在地上，正好翻開在第六十八頁〈長髮公主〉那一篇。沒有人注意到這本故事書，書靜靜的躺在地上，不知過了多久，有一些灰塵落在上面。

雖然故事書靜靜的躺在地上，但書中的故事可不平靜。第六十八頁有一座城堡，城堡旁有一座高塔，高高的塔裡住著一位長髮公主，微風吹過來，她在風中梳

頭髮。公主正在等王子來救她，但等了好久好久，王子就是沒來。

她想像王子騎著白馬來到高塔下。王子會唱動人的歌，她會放下長髮讓王子爬上來。

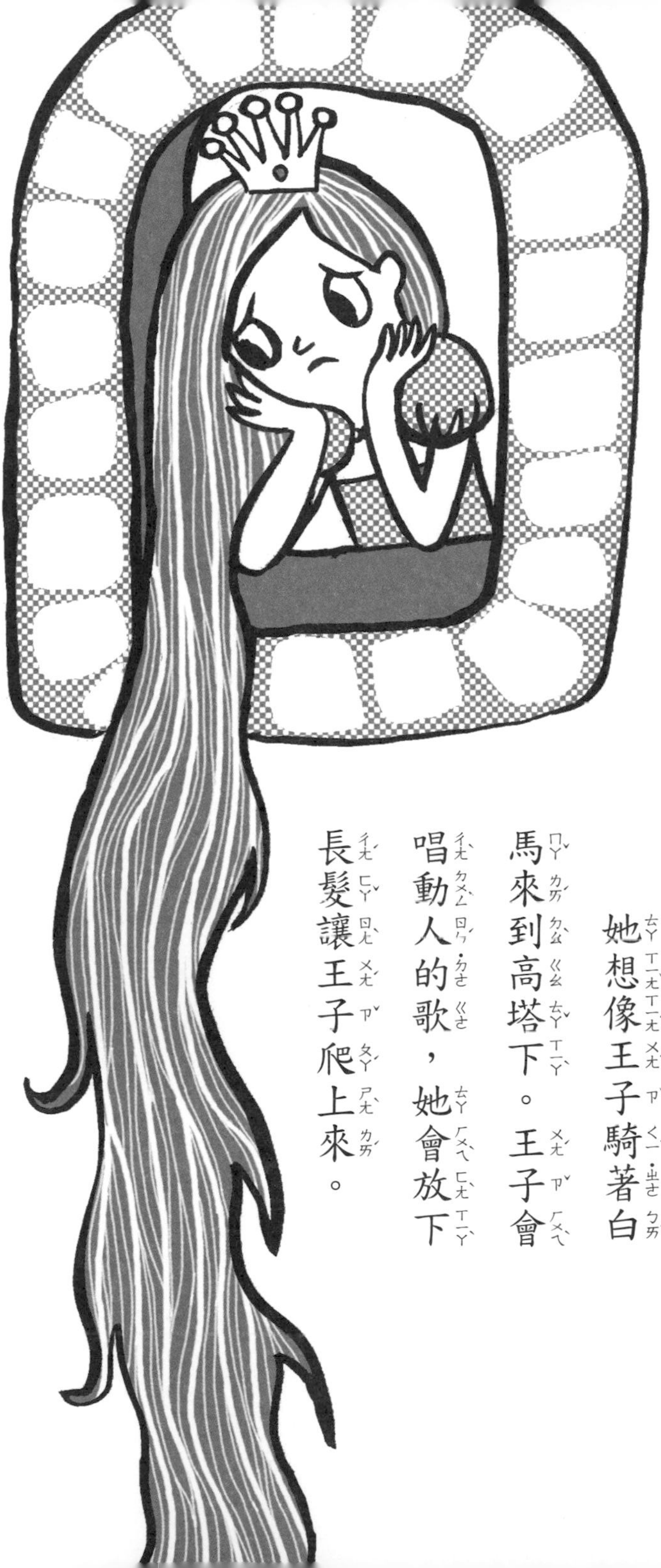

這是《格林童話》早就安排好的情節。可是，該發生的事情卻沒有發生。

公主苦苦的等著，等到臉上都是灰塵；等到頭髮長到書外面；等到心情變壞，整天胡思亂想；等到有幾根頭髮都變白。

「啊！好可怕！有白頭髮。」她趕緊照鏡子把白髮拔掉。

公主不安的摸著胸口，她很擔心王子的安危。「為什麼王子沒有出現？會不會在路上發生什麼事？」

她又想：「還是《格林童話》寫錯了，根本沒有王子。」

長髮公主難過得哭了，淚水把第六十八頁弄溼了。

「不要哭！」

「是誰？」

公主驚訝的抬

起頭。

「是我，王子。」

「王子？」公主四處找，

「你在哪裡？」

「我在第六十九頁。」

「你在第六十九頁做什麼？趕快來救我啊！」

「我是想救你，可是，還沒有人翻頁！」王子無奈的說：「沒有人翻頁，我就到不了你那一頁。到不了你那一

頁，我就沒辦法救你！」

「那怎麼辦？快找人翻頁啊！親愛的王子，我等你來救我，等到頭髮都白了！」公主急得眼淚又流出來。

王子安慰她：「公主，不要哭，我來想辦法！」

一隻蟑螂爬到故事書上面，剛好停在長髮公主的臉上。她嚇得快要昏倒，大叫：「啊！王子！蟑螂爬到我的臉上，你快來啊！」

王子知道公主有危險，急得想要推開第六十九頁，但無論他怎麼用力就是推不動。聽到公主哭泣的聲音，他又急又難過，恨自己沒能救公主。

王子跪下來了，眼中含著淚水，抓亂自己的頭髮，對天空大喊：「天神啊！幫幫我吧！給我力量，讓我去救公主。」

長髮公主也閉上眼睛跪在高塔上，「天神啊！請用您的神力翻開這一頁吧！我好想見王子。」

他們誠懇的聲音，天神聽到了。

「唉！只有一頁的距離，卻非常遙遠。」天神嘆一口氣，「好吧！我施魔法讓你們見面。」

天神揮動了魔杖。

然後，什麼事情都沒有發生！

王子站起來，看看藍天，一切都沒變，他還是留在第六十九頁；公主睜開眼睛，看看四周，一切都沒變，她還是留在第六十八頁。

「天神根本沒有翻頁啊！」長髮公主失望的低下頭。

王子朝天空看了半天，說：「怎麼沒看見高塔？到底怎麼回事？」

第二天早上，一個小女孩來到圖書館的角落，無意間發現地上的《格林童話》。她撿起來，坐在地板上看。

當小女孩輕輕的翻開第六十九頁，公主驚見王子就在高塔下，她趕緊放下長髮，讓王子爬到塔上來。他們終於見面了。

「什麼天神嘛！魔法一點都不靈，還不如一個借書的小女孩。」長髮公主不太高興的叨念著。

天神聽見了，笑咪咪的來到公主的耳邊小聲說：

「你以為小女孩是怎麼來的？呵呵呵！是我派她來的。」

4 拍手一百下

生日的時候，爸爸買了一隻小鴨子給小鈴當禮物。

「你要好好照顧小鴨子喔！」爸爸摸摸小鈴的頭說。

小鈴一直盯著可愛的小鴨子看，頭抬也不抬的回答：「知道啦！」然後開始逗著小鴨子玩。

小鴨子細細柔柔的黃毛摸起來很舒服，小鈴整天抱著小鴨子。她還為他布置一個舒適的家。

「走！我們去散步。」小鈴帶著小鴨子出門。

下雨了，路面積了一灘水。小鴨子開心的在積水裡游泳。小鈴看著小鴨子開心的樣子，她也覺得很開心。

雨越下越大，路面的水流動起來像一條小小的溪流，小鴨子被小水流沖走了。

小鈴大叫：「小鴨！小鴨！」

小鴨子嚇得拍動翅膀想要逃開，但無論他怎麼掙扎，

就是無法游到小鈴的身邊。

小鈴想要伸手援救，來不及了。小鴨子被小水流沖得遠遠的，她緊張的在後面追。

好不容易追到小鴨子，小鈴把他救起來，不知小鴨子是冷還是怕，一直在發抖。

小鈴把小鴨子放進懷裡，不捨的說：「可憐的小鴨，都

是我不好。」

擦乾小鴨子的身體之後，小鈴把他放在院子裡活動。隔壁的老貓早已注意小鴨子很久了，現在他單獨玩耍，這是一個好機會。

看著小鴨子一步一步走過來，彷彿看到美食一步一步走過來。老貓急得想要撲過去。

但他知道不能急，若發出聲響，小鈴衝出來，一定會拿拖鞋丟他。鴨子吃不到，還被拖鞋打頭，那會很衰！

老貓悄悄的跳進院子，腳步很輕，幾乎沒有聲音。他

伸出利爪，張開大口，小鴨子傻傻的越走越近。

紗門打開了，不是拖鞋，是一只皮鞋飛出來。「咚！」重重的砸在老貓頭上。這下更慘。「喵！」老貓痛得跳上屋頂逃走。

「敢抓我的小鴨，臭貓，打得你滿頭包。」小鈴手拎著另一只皮鞋喊著。

為什麼小鴨子會被路上

的水流沖走？為什麼老貓想吃小鴨子？小鈴想了想，原因很簡單，因為黃毛鴨子太小，太弱了。

小鈴又想，如果能讓小鴨子瞬間長大，強壯點，別說大雨過後，馬路上的水流不怕，就算跳進河裡，也能自在游泳；在院子玩耍時，不用擔心老貓想捉他，說不定他還可以反過來追老貓。

如何才能讓小鴨子馬上長成大鴨子呢？

小鈴閉上眼睛合掌，「天神啊！請讓小鴨子馬上變成大鴨子吧！」

天神已經站在小鈴身邊了，「這不好吧！」

「為什麼？」

「為什麼？」天神接著說：「一下子就長大，少了小時候，我認為不好。」

「可是，小鴨子太弱小，

到處有危險。如果不變成大鴨子，才是對他不好呢！」

天神摸摸白鬍子想了一下說：「我覺得你講得很有道理。好吧！我把長大的魔法教給你，由你自己決定。」

「好啊！那要怎麼做呢？」

天神拿出魔法杖，點了點小鈴的雙手，一陣銀光在她手上滑來滑去。小鈴感覺兩隻手好像有人在搔癢，她差一點笑出來。

「好啦！就這樣！」

「怎麼做？」小鈴不明白的提問。

「只要看著小鴨子，嘴裡念：『立刻長成大鴨子。』然後拍手一百下，他就會立刻長大。」天神笑呵呵的說：

「但要注意喔！只能拍手一百下。」

「為什麼？」小鈴想問清楚。「拍手超過一百下會怎樣？」

「會變老。總之不好就是了！」天神不想解釋太多。

小鈴還想再問，天神卻乘著雲朵飛走了。

「好吧！」

小鈴抱著小鴨子。這時，她又想起天神說的話：「一下子長大，少了小時候很不好。」這讓她猶豫不決了。

「到底要不要用天神的魔法？」小鈴的內心很矛盾。她低頭看一眼小鴨子軟弱的樣子，想到他遇上危險時的驚險，心裡很不捨。

「決定了！我要讓小鴨子立刻長大。」

小鈴看著黃毛小鴨子，念著：「立刻長成大鴨子。」然後拍拍手，1、2、3、4、5、6、7、8……神奇的事情發生了。小鴨子果然越長越大，越長越大。

他的黃毛掉下來，羽毛長出來。小鈴越數越興奮，也就拍得越起勁，70、71、72、73、74、75……

當數到一百的時候，一隻大鴨子「呱呱呱」拍著翅膀，好像很凶的在院子裡跑來跑去。

小鈴忽然覺得小鴨子一點都不可愛了。

大鴨子衝過來想要小玲抱抱他，她以為鴨子要咬人，嚇得哇哇大叫。只見院子裡有一隻鴨子追著小鈴跑。

她及時想到天神說過，繼續數下去，鴨子會變老，「老鴨子跑不動就追不到我。」

小鈴趕緊繼續往下數，101、102、103、104、105……

大鴨子變成老鴨子，老鴨子越跑越老，越跑越慢，終於倒在地上。

他只是想要愛他的小鈴抱一抱。

小鈴摸摸胸口說：「好險！還好沒追到。」

5 小豬辦事

今天豬媽媽一大早起來，心情很好。陽光照在身上很溫暖，院子裡的小雛菊開得滿滿的，一股淡淡香味隨風飄來，她覺得好舒服。

她輕輕的叫一聲：「小豬！起床啦！」

「我還想睡！」小豬呼嚕呼嚕。

豬媽媽不想小豬浪費美好的早晨，她說：「如果你願意起床，今天我可以考慮烤披薩。」

「披薩！」小豬聽到這兩個字，咻！立刻衝出房間：「媽媽，我已經醒了！」

「很好！」豬媽媽又說：「如果你願意幫我去市場買菜，今天一定可以做披薩。」

「願意！為了披薩，你叫我做什麼都好！」小豬亮著眼睛猛點頭。

「有這麼乖的兒子，我一定要烤一片比臉還大的披薩。」豬

媽媽很高興。

「耶！萬歲！」

豬媽媽交代小豬買食材，她一口氣念出：「山羊商店買麵粉；黑狗商店買起司條、橄欖；麻雀商店買堅果、番茄醬；猴子商店買鳳梨、番茄；花貓商店買一條麵包，明天當早餐；如果路上發現漿果，那就採一點回來加在披薩上；經過松鼠商店你可以買彈珠，但只能買幾顆；再將這些果醬拿給鵝奶奶，這是媽媽要送她的；發現大野狼要趕快逃走；記住了沒有？」

小豬早就聽得糊里糊塗，他請媽媽再念一遍。當媽媽講完之後，他依然搞不清楚，嘴裡卻說：「知道！知道！」

豬媽媽怕他忘東忘西，拿出一張紙條，上面寫滿要做的事情，「帶著，要是忘了，拿出來看。」

小豬提著籃子出門，他喃喃念著字條上密密麻麻的文

字。到了市場，他卻慌了，「這麼多事，我要先做哪一件好呢？」

他用他那小小的豬腦袋想了很久，還是很猶豫。小豬急得汗水一直流。

他想先去山羊商店，又覺得應該先到猴子商店；他想先買彈珠，又覺得應該先買堅果。這弄得他很混亂。小豬在路邊哭了，他祈求天神幫幫忙。

天神出現了，問小豬：「怎麼了？」

「好多事，好煩喔！我不知道先做哪件事？」小豬把

猴子水果
花貓麥麵包
企鵝魚店
The CHOP SHOP

字條交給天神，「你可不可以用魔法，幫我把事情全部辦好。」

「好啊！」天神摸摸鬍子，「我用魔法幫你忙。」他揮動魔法杖，然後變出一張紙，紙上有一個表格：

重要緊急的事情	
重要不緊急的事情	
可做可不做的事情	

「你沒把我要的東西變出來，變一張紙做什麼？」小豬納悶。

「看到這張紙上面的表格了嗎？這就是可以幫助你的魔法！」

「這是魔法？」

「聽我的沒錯！這可以幫你把事情做好，很靈呢！」

「一堆格子，我看不懂。」

天神笑著摸摸小豬的頭，說：「我來教你。學會這個『魔法』，將會對你很有幫助。」

天神告訴小豬怎麼做：「豬媽媽今天要烤披薩，買披薩的食材最重要也最緊急，寫在表格上方的格子裡，還要寫上1、2、3、4，再按順序去買。」

「買麵包跟做披薩無關，是要當明天早餐吃，所以是重要但不是最緊急的事。我可以順便做好。」

「很好！很好！」

「還有幾件事情，你認為哪一件很

重要但沒那麼緊急呢？」天神問小豬。

「應該是拿果醬給鵝奶奶。」小豬想了一下。

「有概念了。」天神再問：「哪些事可做可不做？」

小豬想了想：「嗯！是採漿果和買彈珠。」

「太好了！」天神讚美說：「小豬，你不笨嘛！我一教就會了。」

重要緊急的事情	①山羊商店買麵粉	②黑狗商店買起司條和橄欖	③麻雀商店買堅果、番茄醬	④猴子商店買鳳梨、番茄
重要不緊急的事情	⑤花貓商店買一條麵包	⑥拿果醬給鵝奶奶		
可做可不做的事情	⑦松鼠商店買彈珠	⑧發現漿果採回家		

小豬按照順序買東西。很快的把緊急又重要的事情辦完，他提著食材微微一笑，「今天可以吃披薩了！」他去花貓商店買了一條麵包，再把果醬送去鵝奶奶家。他翻開表格檢查還有什麼事情要辦。

忽然，小豬發覺一件事，「咦？為什麼『發現大野狼要逃走』這一點沒有寫在表格裡？」

「大野狼很危險。」天神知道小豬很疑惑，悄悄出現在小豬的身邊，說：「孩子！當你發現危險時，只有一個動作，就是逃走。那是不需要寫在表格裡的。」

6 木匠的木屋

老木匠比薩正用刨刀「唰！唰！唰！」刨一塊厚實的木材。木屋的骨架已經做好了，他瞇眼瞄了一下，然後，把這塊木材扛上屋頂當作大梁。

比薩擦擦汗，繼續忙著。他將木板一塊一塊釘在骨架上，半天時間，一面木牆已經完成。

比薩一輩子都在為別人建造屋子。他將客戶想要的木

屋，先畫出一張藍圖，再按照藍圖施工。

他從來不馬虎，蓋的房子既牢固又美觀，客戶都很喜歡。只要一個月，一棟漂亮的木屋就建好了。

比薩很忙碌，一年到頭都在幫別人蓋木屋，他卻沒有屬於自己的房子。起初他不以為意，心想：「租房子也不錯，有得住就很好了。」

在一次聚會的時候，比薩的朋友對他說：「比薩，你一輩子都在蓋房子，蓋了四十年，自己竟然連一棟屋子都沒有！」

「我賺錢養活一大家子，生活很幸福，沒屋子，又有什麼關係！」比薩反駁說。

「我是為你感到委屈，連我都有屋子住了，而你會蓋房子竟然沒有房子住。」

朋友一再的可憐比薩，他的心裡也漸漸覺得難受。這就好像國王

沒有國家，戰士沒有寶劍一樣。

比薩突然好想有自己的木屋，但是，他所賺的錢，只剛好夠付家裡每個月的生活費，沒有多餘的錢讓他為自己蓋房子。

從此以後，比薩無心工作。他心想：「我認真工作就賺這些錢；我不認真工作也是賺這些錢。我不可能有錢蓋自己的木屋，我又何必太認真！隨便做做就好。」

於是，他蓋的木屋出問題了。要不是柱子歪了，就是下雨漏水，或者牆壁有裂縫，雖然不是大問題，卻令人討厭。比薩蓋的木屋品質越來越不好。

過了一段時間，又有一次聚會，朋友問他：「有自己的房子了嗎？」

比薩嘆氣搖搖頭，「我不可能有錢蓋房子。」

「你可以禱告啊！求天神幫幫忙，請他送給你一棟房子。」

「是嗎？天神會實現我的願望嗎？」

「你可以試試看啊！」

回家路上，比薩仰頭朝藍天默默許願：「天神啊！請

您送我一棟木屋好嗎？」

藍天傳來一陣聲音：「我答應你。你趕快回家吧！」

比薩回到家，只看到原來租的破房子，沒有多出一棟木屋。比薩有點失望，心想：「天神怎麼可能平白無故送房子給我？那不是真的。」

不久，一位白鬍子老人來敲門。

「誰啊？」比薩不耐煩的問。

「我啦！」

「誰啊？」他開門。

「我啦！」老人笑咪咪，「我想請你蓋木屋，這是所有的材料費用。」

「哦！好吧！蓋在哪裡？」

「就蓋在你家附近好了！」老人指著一塊空地。

比薩收了錢，說：「你要當我的鄰居？呵呵！好啊！」

「什麼時候會蓋好？」

「一個月之後就可以搬進來。」

「謝謝！」白鬍子老人轉身走了。

比薩開始蓋木屋。他動手隨便做，完全不像以前那樣認真的態度。

三個星期之後，老人來看木屋，說：「這門怎麼關不上？」

「沒關係，這樣才通風啊！」

「這柱子怎麼是歪的？」

「哪有？正的，是你看歪了。」

「這牆壁快倒了？」

比薩趕緊扶正，用槌子捶幾下，說：「沒事！不會倒了！」

「這木屋看起來很醜！」

「怎麼會？很漂亮的。」

白鬍子老人皺一下眉頭，不再說話，默默離開。

一個月到了，比薩在木屋前等待，準備交屋給老人。

他等了很久，一直等不到老人出現。

此時，藍天出現聲音：「比薩，我現在要實現你一個月前的願望，送你一棟木屋。」

「誰啊？」他嚇了一跳，抬頭找聲音的來源。

「我啦！天神！」

「啊！天神。」比薩十分驚喜，「真的？在哪裡？」

「就是你身旁那棟自己蓋的木屋，那是我要送給你的房子。」

「天神，別鬧了！這房子是一位白鬍子老人的。」

「哦！是嗎？你仔細看看我是誰？」天神乘雲下來。

看到白鬍子老人從雲朵上走下來，比薩驚訝不已，同時也懊惱不已。

7 魔法杖不見了

天神老不老？

嗯！天神很老很老，他到底幾歲，沒人知道。他有著白白的鬍子，身上穿著長袍，手拿魔法杖，乘著白雲飛來飛去，看起來真的很老，老到可能會忘記某些事情。

天神也很忙很忙，他要聆聽來自世界各地的願望，努力讓許願的人實現夢想，認真為祈禱的動物解決問題。即便是很緊急的事情，天神也是使命必達。

天神聽到負子蟲呼叫：「天神啊！幫幫我，我身上的卵不見了！」

「怎麼了？這位父親！」天神出現了。

「我背在背上的卵，不知道什麼時候掉了三顆。」背著蟲卵的負子蟲爸爸緊張的說。

「你仔細找過了嗎？」

「整棵樹我來回找好幾次了！」負子蟲哭出來，「這些卵一顆都不能少，我竟然掉了三顆，

這讓我怎麼向太太交代啊！我真是一個糟透了的爸爸！」

「不要急！不要急！我幫你把卵找回來。」

但是，當天神準備施展魔法時，發現一直拿在手上的魔法杖竟然不見了。

「糟糕！什麼時候搞丟的？」他心裡一陣慌亂，「唉呀！真的老了！這麼重要的東西不見了，怎麼施展魔法啊？」

負子蟲看天神毫無動靜，緊張的問：「天神，你怎麼還不快幫我找啊？」

天神的額頭冒著汗，故作鎮定的說：「我正在醞釀魔法，你別吵！」

其實，天神正在想魔法杖究竟在哪兒弄丟了？但是，他怎麼想都想不起來。天神的汗水越滴越大顆，沒能幫上負子蟲的忙，豈不是很丟臉？

忽然，一轉身，天神在樹下的一片枯葉旁看見三顆蟲

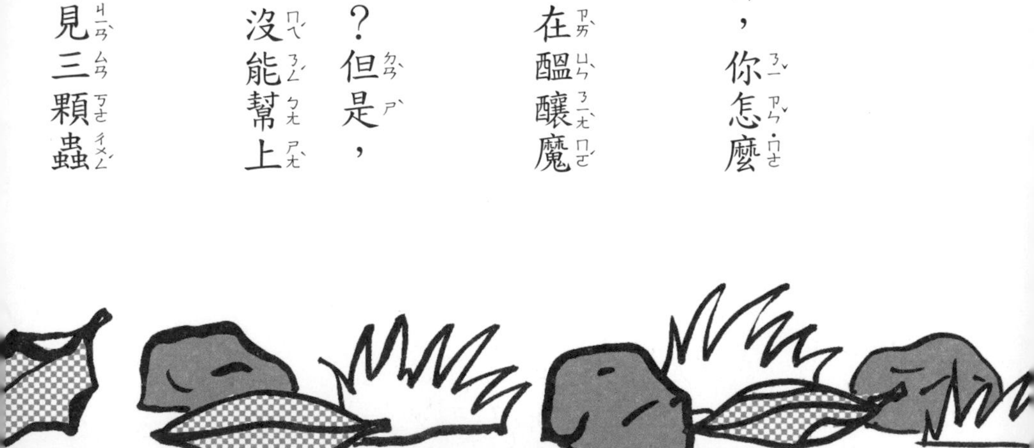

卵。

他鬆了一口氣，輕輕咳了一聲，用手指了一指，說：

「嗯！你的卵在那裡！看到沒有？」

「哇！看到了！謝謝天神，你的魔法真靈啊！」負子蟲急忙爬到樹下去找卵。

這是天神第一次沒有使用魔法杖。

當他再度鬆了一口氣時，他又聽到需要幫忙的聲音。天神一定得前往，這是他的職責，

無論有沒有魔法杖，他都必須乘雲過去看看。

這是一頭老山豬，獠牙長長的，眼神凶凶的，樣子很嚇人，天神吃了一驚。

「怎麼了？」天神問。

老山豬抬頭說：「天神，我藏的番薯，不曉得被我埋到哪裡去了？可不可以幫我找一找。」老山豬雖然長相嚇人，講話還滿溫和的。

天神沒有魔法杖，施展不出魔法。他的心裡很矛盾，「別人有事情不能解決，可以求我幫忙；我有事情不能解決，我該找誰幫忙呢？」

畢竟自己是天神，天神是無所不能的。但是，搞丟魔法杖就不能施魔法，這未免有點失面子。

他心想：「我確實太依賴魔法杖了！」

「這樣好了！我陪你四處找找！」他吸一口氣，讓自己鎮定下來，「你回想一下，你會埋在什麼地方？」

「我如果想得起來，何必求你呢？」老山豬皺著眉頭說。

「說得也是！」

天神想一想，老山豬埋番薯，一定藏在別人不易發現的土地上，因此田裡、路邊都不可能。他應該會埋在森林深處，所以只要發現鬆軟的泥土，有被挖過的痕跡，都可能是他藏番薯的地方。

「好啦！我們到森林裡找吧！」

「你不用魔法幫我找嗎？」老山豬納悶。

天神不敢讓老山豬知道他的魔法杖遺失，故意說：

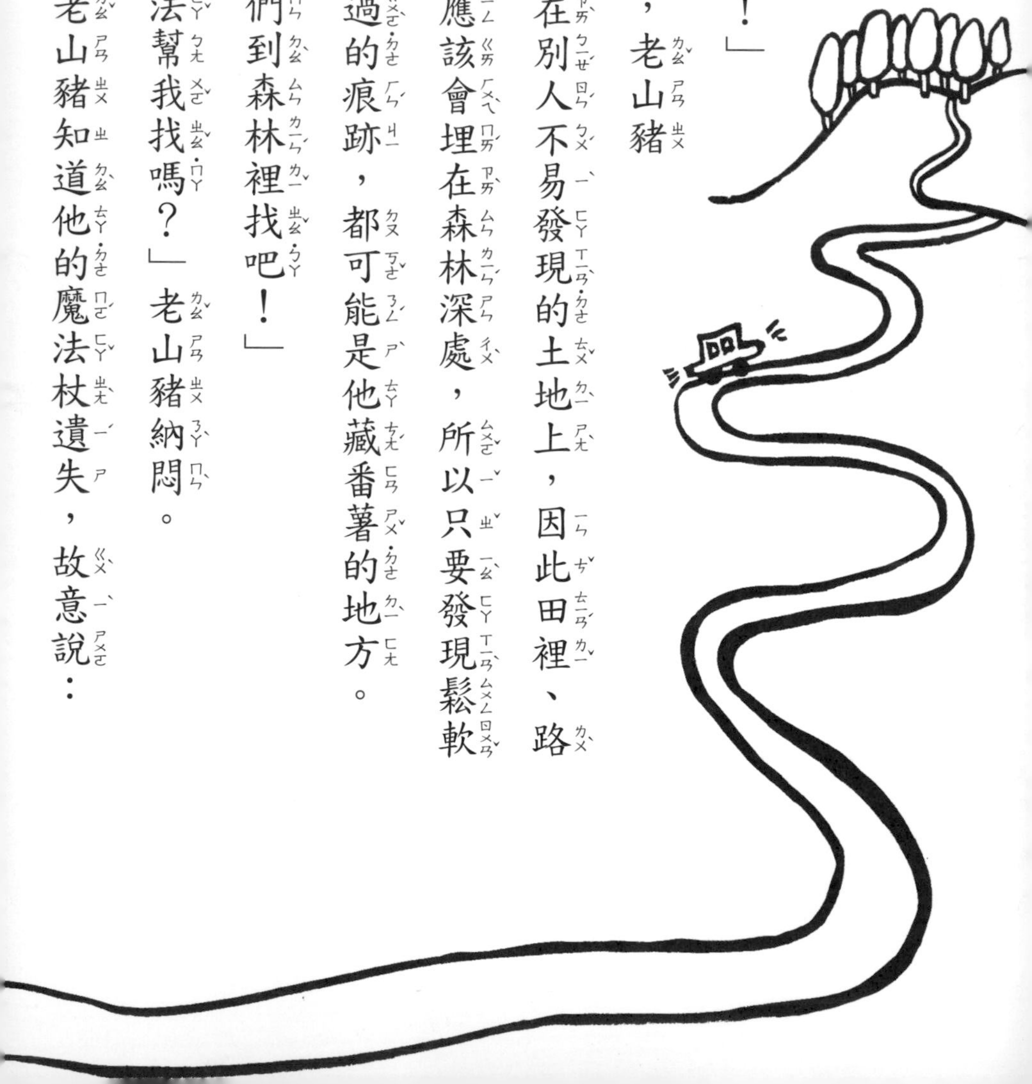

「找番薯是小事，用不著魔法。我判斷你的番薯就在那裡！」他指著森林。

「哦！」老山豬半信半疑，心想：「這樣就能找到嗎？我怎麼沒印象番薯藏在那裡？」

風吹過森林，葉子都在抖動。天神仔細的看著草地

或泥地，看看有沒有挖掘的痕跡；老山豬用鼻子到處聞一聞、翻一翻，就連樹葉覆蓋的地方，都要撥開找一找。

「咦？這是什麼？」老山豬在葉子底下找到了一根木杖。他用嘴咬出來，丟在一邊，說：

「怎麼有一根爛木頭？」

天神暗自歡喜的偷偷把木杖撿起來，用手帕擦乾淨。老山豬眼尖看到了，就問：「天神，你撿這根爛

木頭做什麼？」

「呃！沒什麼？」天神敷衍著回答：「這根木頭看起來不錯。我老了，剛好可以當拐杖。」

天神不好意思讓老山豬知道，剛剛找到的木頭其實是自己遺失的魔法杖。

他當作什麼事都沒發生似的揮了揮手，說：「繼續找吧！我的魔法才剛剛施展，快！我們繼續找番薯。」

老山豬沒想太多，低頭繼續找，他還小小聲的抱怨：

「才幾塊番薯，怎麼這麼難找！」

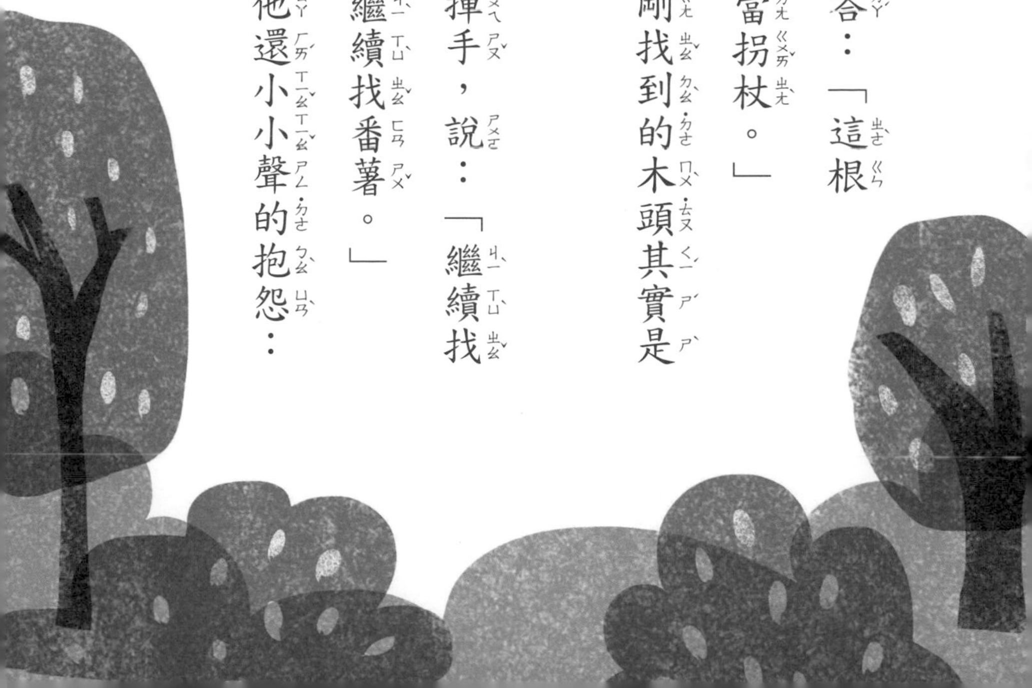

當天神舉起魔法杖正要偷偷的施魔法時，老山豬已經在森林的一小塊空地上，挖出一條又一條番薯。

「呵呵！原來被我藏在這裡。」老山豬得意一笑，然後大口大口的嘗了起來。

他不時發出「嘖嘖」的聲音，顯得很好吃，「天神，你的魔法真靈！果然把我藏到忘記的番薯變出來了。」

「找到就好，下次別再忘了藏哪兒了。」天神雖然這樣回答，心裡卻有點不好意思，「其實，我根本什麼都沒做！」

8 緊張先生

農場的一天，從公雞站在屋頂上報曉開始。太陽還沒升起，他已經「咯！咯！」啼叫。接著，日出東方，農場裡所有的動物陸續起床，準備一整天要做的事情。

公雞盡責的叫大家起床，這是他的工作。每天清晨，他都是最早醒過來，但不是自然醒，是被農場主人緊張先生叫醒。

其實，公雞身體裡有一個時鐘，早調好在凌晨五點起

床。伸伸懶腰，做好早操，再慢慢走上屋頂，拉開嗓子報曉，整個流程的時間算得剛剛好。

但是，公雞每天在四點鐘的時候就被緊張先生叫醒了。天還沒亮，緊張先生就來催促，讓公雞困擾不已。為此，他向緊張先生抗議：「你不需要來叫我，我自己會起床。報曉是我的工作，請你放心。」

「我就是不放心。」緊張先生皺著眉頭，說：「萬一你沒起床，

太陽沒升起，天沒亮，整個農場豈不是要大亂了。」

「不會的，太陽本來就會升起，天本來就會亮，不會因為我不叫，天就不亮。」公雞繼續說著：「還有，我的生理時鐘早就調好了，不會耽誤的。」

「不行！我一定要提前叫醒你，不然你會偷懶。為避免耽誤工作，我寧可辛苦一點。」

其實，緊張先生叫醒公雞之後，也順便叫醒老牛、黃狗起來準備工作。

緊張先生總說自己太忙碌，無論大小事，都要親自去做，他常常嘆氣，說：「這些動物沒有我怎麼行呢！」

「唉！公雞怎麼還沒叫？」緊張先生自言自語：「這傢伙一定又溜回去睡了。」

才剛剛把黃狗搖醒的緊張先生轉頭看屋頂，他沒有看見公雞，心裡冒火，「公雞！你這懶傢伙，在哪裡啊？」

「在這裡！」公雞在雞舍外伸展筋骨。

「趕快上農舍屋頂啊！」緊張先生催促著。

「時間還沒到啊！」

「不管！你就先上去嘛！」

「好好好！我先上屋頂！」

公雞站在農舍屋頂上了，但只是站著，他沒有任何準備報曉的動作。

緊張先生在農舍下仰頭催促公雞：「快叫啊！怎麼不叫呢？」

公雞不耐煩了，「叫什麼叫啊！」

這時，緊張先生回頭看看狗屋，遠遠的看見黃狗又趴下睡覺，於是急急忙忙的衝過去。

「黃狗，還睡！」緊張先生氣急敗壞的大罵：「還不快到羊圈裡把綿羊趕出來吃草。」

黃狗嚇一跳，全身的毛都豎了起來。

他抗議：「我不會誤事。雞沒叫，天沒亮，現在趕羊去吃草，未免太早了！」

「不行！你現在就得起來，我不要你偷懶，快快快！到羊圈去把羊趕出來。」

黃狗很不甘心的站起來，伸了個

懶腰。他做這動作時，緊張先生看了很不順眼。

「伸什麼懶腰？伸什麼懶腰？看你這懶骨頭，就是這樣才什麼事都做不好！」

黃狗被吼得一肚子火，他寬大的耳朵貼得緊緊，不想聽緊張先生嘮叨，垂頭喪氣的往羊圈走去。緊張先生有些得意，終於把黃狗趕去做事了。

但他轉頭一看牛欄時，老牛根本沒醒來，安安穩穩的趴著睡。

他衝過去吼著：「老牛，還睡！」

老牛慢條斯理的睜開眼，「怎麼啦？」

「什麼怎麼啦？」緊張先生跳腳，「還不去耕田。」

「天又還沒亮，耕什麼田呢？」

「你要到田邊等我，我好帶你去翻土，不翻土怎麼好播種？」

「天亮再去就好了。」

「什麼？就知道你會偷懶，快給我起來！」

緊張先生氣壞了。

老牛慢吞吞的站起來，說：「公雞又還沒叫。」說完，又趴下去睡。任憑緊張先生吼叫，他的耳朵關得緊緊的，根本不理會。

「這公雞怎麼還沒叫？」緊張先生像是想到什麼，回頭往屋頂一瞧，公雞老神在在，似乎在等什麼。這時，黃狗不知什麼時候又偷偷溜回狗屋躺下來。

緊張先生氣壞了，一會兒去雞舍，一會兒到狗屋，一會兒跑牛欄。這樣的戲碼每天都會上演，他忙得不得了，也累壞了。

今天，他決定求天神幫幫忙。

「天神，我好累啊！忙著叫他們起來工作，他們好懶，都不理我，我該怎麼辦才好呢？」緊張先生愁眉苦臉的說。

天神來到農場，聽了緊張先生訴苦之後，輕聲說：「這好辦，交給我。」

「太好了！」緊張先生露出笑容。

天神揮動魔法杖變出桌子和椅子。桌子上有一壺茶，兩只杯子，還有點心和水果。緊張先生不懂天神為什麼變出這些東西？

「這些東西能讓公雞、黃狗和老牛變勤勞？」

「我要你跟我一起坐下來，喝喝茶，吃點心。」

「這怎麼行呢？這些傢伙還在偷懶呢！」

清晨，天空微亮，微風徐徐，十分舒爽。天神一把抓住緊張先生，要他坐下來放輕鬆。天神將茶水遞給他，緊張先生只好喝下去，但是他的兩眼一直盯著公雞、黃狗和老牛。

這時，公雞的生理時鐘響了。只見他站在屋頂上，拉長脖子報曉，「咯咯咯！咯咯咯！咯咯咯！」太陽出

來了，萬丈光芒。天空亮了起來，大地也漸漸明亮。

黃狗自然而然起來，再伸一次懶腰，跑到羊圈，叫個兩聲「汪汪！」綿羊一隻隻乖乖的排隊走出來。

老牛自然而然起來，慢慢的走出牛欄，走到草地上吃幾口草，再到工具間等緊張先生帶他去耕田。

「你看我的魔法有多靈！大家各就各位，都知道自己該做什麼事。」天神摸摸鬍子，又喝了一杯茶。

緊張先生點點頭，也跟著喝一杯茶。他忽然覺得今天的早晨特別舒服、美好。

9 天神辦事有道理

天使回到天上，都會向天神報告在人間看到的事情。有的天使會讚美人們很善良；有的天使會說人類很壞。

「人，本來就有好有壞。」天神說。

「有一句話說：『好心有好報』，真的是這樣嗎？」天使加百列問。

天神沒有直接回答，只是微笑。加百列一頭霧水，天使們不明白天神在笑什麼？

「加百列，今天晚上跟我走一趟人間吧！」天神摸摸鬍子說：「你就會明白這句話有沒有道理！」

天神揮動魔法杖，把自己和加百列變成兩個徒步旅行的普通人。黃昏了，他們走進一個農莊，想要在這個農莊借住一晚。

天神敲敲門，男主人開門出來，看見兩個髒兮兮的旅人，厭惡的表情馬上浮現在臉上。

他捏著鼻子說：「哪裡來的人？」

「我們從很遠的地方來，走了很久的路。」天神說。

「敲我的門做什麼？」

「我們沒地方睡覺，想要借你這裡住一晚。」

「你們全身髒兮兮，身上都是臭味，進到屋裡不就把我的屋子弄髒了。」

「我們睡在走廊上，不會有影響。」天神說。

「走吧！我這裡不歡迎你們。走廊，我也不想借你們住。離開吧！」男主人用討厭的眼神看他們，態度很差，

口氣很糟。

加百列很不高興，「不借，也不用這樣沒禮貌。」

「難道我要拿掃帚趕人，你們才願意離開？」

天神微微笑，加百列卻是氣呼呼。他們吃了閉門羹，只好離去。

走出農莊的時候，天神看見羊舍旁的泥地上有一個大洞，那是下大雨時雨水沖出來的。天神揮動魔法杖，變出許多石頭把大洞填平。

「這家主人對我們這麼凶，不讓我們住宿也就算了，

講話這麼沒禮貌。你看他趕人的樣子，我一肚子氣。」

加百列不解的問：「天神，你竟然還幫他把地上的破洞補好。你是擔心羊掉進洞裡去嗎？」

天神點點頭又搖搖頭，他微微一笑，「我有我的道理，不會錯的。」

第二天，天神和加百列走過一片森林，來到一個小型農場。草地上有一頭公牛、兩頭母牛在吃草，草地旁有一間矮房子。

天神敲敲門，男主人開門問：「請問有什麼事嗎？」

「我們從遙遠的地方來，走了一天的路，已經累了，想要借住一晚。請問，你這裡方便嗎？」

男主人堆滿笑臉，作出歡迎的手勢，說：「請進！請進！我這裡很簡陋，希望你們別嫌棄。」

「我們全身又髒又臭，沒關係嗎？」

「沒有關係，外面冷，兩位趕快進來吧！」

「我們睡走廊就好了！」

「不！睡走廊太不舒服了，我還有一間客房可以住。」男主人很客氣但不好意思的說：「只是，我那一歲大的孩子這兩天發燒，半夜會哭鬧。我擔心晚上吵到你們。」

「你肯讓我們借住，已經感激不盡了，這點吵鬧聲，沒關係！」

男主人倒牛奶讓天神、加百列先解渴，女主人忙裡忙外準備豐盛晚餐。在燭光下，男主人和他們聊到很晚。生病的孩子果然哭了一整夜。

第二天早上，女主人告訴男主人孩子退燒了，現在睡得很安穩。但是，男主人從牛欄回來的時候卻愁眉苦臉。

「我們的乳牛死了一頭。」

「怎麼會這樣？」女主人幾乎哭出來。

加百列很不高興的問天神：「這到底怎麼回事？為什麼對我們友善的農場主人死了一頭乳牛？」

「哦！牛死了不見得是壞事。」

「牛都死了，怎麼會是好事！」加百列氣呼呼。

天神想了一下，「不能讓男主人損失太多，我做一點補償好了。」

他揮動魔法杖讓另一頭母牛懷孕，「明年春天母牛會生小牛，這小牛算是我送給農場主人的禮物。」

加百列的心情稍微平復，但他還是不懂天神為何這麼做？明明可以讓乳牛不必死掉的。

天神看出加百列的心思，說：「你一定質疑我，為什麼幫農莊主人補羊舍外的大洞，而農場主人的乳牛意外死亡，我卻沒有阻止？」

加百列點點頭，說：「難道『好心有好報』這句話錯了！」

「這句話怎麼會錯呢？」

「但是，我看到的結果卻是相反。」

「不要質疑我辦事，我有我的道理。」天神摸一摸鬍子，還是笑咪咪，「知道我為什麼要補洞嗎？」

「不知道！」

「那洞裡面有一個寶盒，本來是屬於農莊主人的，但他很不友善，我只好用石頭把它蓋住，讓他得不到。」

天神繼續說：「知道乳牛為什麼會死嗎？」

「不曉得！」

「那生病的孩子本來活不過昨晚，農場主人好心腸，我不忍心讓他失去孩子。死神來的時候，我跟他商量，用乳牛換孩子的生命，死神答應了，才讓乳牛死掉。」天神慢慢的說出原因。

「原來是這樣啊！」加百列笑了，「天神辦事果然有道理。」

天神有話說

大家好，我是天神！又和大家見面了，在看完這麼多故事後，你是不是也有好多話要說一說呢？

★黑熊爺爺生病了，不但忘記家人，還對他們很凶。你會不會有時候也像黑熊爺爺，忘記別人的好，反而對他們凶呢？

★黃鶯害怕我找到的不是她的歌聲，所以把歌聲裝進喉嚨之後，不敢唱歌。你曾經和黃鶯一樣害怕失敗，所以不敢嘗試嗎？

★太好了！公主和王子終於見面了，你覺得是小女孩幫了他們，還是我幫了他們呢？

★小鈴擔心小鴨子太弱小而有危險，希望小鴨子馬上長大。你呢？你也想馬上變大人嗎？

★我教小豬的魔法很厲害吧！你覺得這個魔法還可以用在什麼事情上？

★木匠比薩最後得到了屬於自己的木屋，為什麼他還是不開心？

★即使魔法杖不見了，我還是有辦法幫忙大家解決問題。想一想，沒有魔法杖的你，可以如何幫助身邊的家人和朋友呢？

★緊張先生擔心動物們偷懶、不工作，所以求我讓他們變勤勞。你覺得動物們真的變勤勞了嗎？

★你有沒有遇過「好心卻沒好報」的事情呢？看完我和加百列的故事，現在再想一想，或許事情不像表面那麼糟呢！

糟糕，我的魔法杖怎麼又不見了？我得趕快去找回來，各位下集再見了！

國家圖書館出版品預行編目（CIP）資料

天神幫幫忙：黑熊爺爺忘記了／子魚作；
張惠媛繪．-- 二版．-- 新北市：
小熊出版：遠足文化發行，2019.2
120 面；14.8×21 公分．--（繪童話）

ISBN 978-957-8640-72-6（平裝）

859.6　　107020897

小熊出版讀者回函

小熊出版官方網頁

繪童話

天神幫幫忙：黑熊爺爺忘記了

作者：子魚｜繪圖：張惠媛

總編輯：鄭如瑤｜責任編輯：陳怡潔
美術編輯：王子昕｜封面設計：陳香君
印務經理：黃禮賢

社長：郭重興｜發行人兼出版總監：曾大福
出版與發行：小熊出版・遠足文化事業股份有限公司
地址：231 新北市新店區民權路 108-2 號 9 樓
電話：02-22181417 ｜傳真：02-86671851
劃撥帳號：19504465｜戶名：遠足文化事業股份有限公司
客服專線：0800-221029｜E-mail：littlebear@bookrep.com.tw
Facebook：小熊出版
讀書共和國出版集團網路書店：http://www.bookrep.com.tw

法律顧問：華洋國際專利商標事務所／蘇文生律師
印製：漾格科技股份有限公司
初版一刷：2014 年 7 月｜二版一刷：2019 年 2 月
定價：280 元｜ISBN：978-957-8640-72-6